BAKUGAN
BATTLE BRAWLERS

ADAPTATION DE TRACEY WEST

Texte français du Groupe Syntagme inc.

Éditions
SCHOLASTIC

Catalogage avant publication de Bibliothèque et Archives Canada

West, Tracey, 1965-
La guide officiel / adaptation, Tracey West ;
texte français, Groupe Syntagme inc.

(Bakugan Battle Brawlers)
Traduction de: Official handbook.
D'après la série télévisée Bakugan Battle Brawlers.
Enfants de 9 à 12 ans.
Supplément à: La bataille commence.
ISBN 978-0-545-98236-8

I. Titre. II. Titre: Bakugan Batoru Burorazu (Émission de télévision)
PZ23.W459Ba 2009 Suppl.   jC813'.54   C2009-902668-6

Édition publiée par les Éditions Scholastic,
604 rue King Ouest, Toronto (Ontario) M5V 1E1.

5 4 3 2 1   Imprimé au Canada   09 10 11 12 13

Conception graphique de Rocco Melillo

ÉQUIPE D'ÉLITE BAKUGAN, AU COMBAT!

Est-ce que les Bakugan occupent toutes tes pensées, le jour comme la nuit? À l'école, examines-tu la cour en te demandant si elle ferait un bon champ de bataille? Aux repas, ressens-tu le besoin pressant de lancer tes boulettes de viande sur la table en criant « Bakugan, au combat! »?

Si c'est le cas, ne t'en fais pas, tu n'es pas le seul! La folie des Bakugan est en train d'envahir la planète. Un peu partout, des combattants se lancent des défis et se livrent bataille à l'aide de leurs guerriers et de leurs cartes Bakugan.

La prochaine fois que tu t'engages dans un combat, assure-toi d'avoir le guide officiel à portée de la main. Il contient tout ce que tu dois savoir sur les Bakugan. Tu découvriras qui sont les guerriers Bakugan et d'où viennent leurs pouvoirs. Tu feras connaissance avec les combattants d'élite et tu apprendras certains de leurs secrets. Le guide révèle aussi des trucs et des stratégies qui t'aideront à gagner.

Amuse-toi à découvrir chaque section de ce livre et… place au combat!

SALUT! JE M'APPELLE DAN

Je sais que ça va te paraître bizarre, mais un jour, le monde qui m'entourait a changé. Des cartes se sont mises à tomber du ciel. Au début, personne ne savait d'où elles provenaient, ni même qui les envoyait. Le phénomène se produisait partout dans le monde en même temps! Nous avons vite compris que c'était bien plus que de simples cartes à jouer.

Avec mes amis internautes du monde entier, j'ai inventé un nouveau jeu vraiment génial qu'on a appelé Bakugan. C'est à ce moment-là que le pouvoir des cartes s'est révélé. Chacune contenait sa propre bête de combat, qui se matérialisait dès qu'on lançait la carte. Les combats étaient intenses, et un mauvais choix de carte entraînait la perte de la carte même *et* aussi celle du guerrier Bakugan qu'elle contenait.

Mais ce n'est pas tout. Un autre combat, bien plus terrible, se déroulait dans un univers parallèle, l'univers de Vestroia. C'est de là que viennent les guerriers Bakugan. Cet univers tire son pouvoir de deux sources : le Noyau de l'Infini et le Noyau du Silence. Naga, un Dragonoïde avide de pouvoir, a tenté de s'emparer de ce pouvoir, mais il a échoué. Il a avalé le Noyau du Silence, source d'énergie négative. Le Noyau de l'Infini, source d'énergie positive, est tombé sur Terre.

Ce jour-là, de nombreux Bakugan sont aussi passés par le portail entre les deux univers et sont arrivés sur la Terre. Ces guerriers ne sont pas comme les bêtes que l'on voit sur les cartes : ils peuvent parler à leur maître. C'est de cette façon que j'ai rencontré mon Bakugan, Drago.

Mais Naga n'avait pas dit son dernier mot. Pour s'emparer du Noyau de l'Infini, il a envoyé Mascarade, un humain, à sa recherche. Il lui a confié la mission d'envoyer les Bakugan vers la dimension Néant afin de pouvoir s'emparer de leur énergie.

C'est là que j'ai compris que les combats n'étaient pas qu'un simple jeu. Nous avons décidé, mes amis Runo, Marucho, Shun, Julie, Alice et moi, d'arrêter Mascarade et de sauver le monde. Nous devons aussi empêcher nos Bakugan d'être envoyés dans la dimension Néant. C'est tout un contrat, mais à cœur vaillant rien d'impossible!

les cartes Bakugan sont tombées du ciel, elles
...erri un peu partout dans le monde. Des enfants
...s pays sont alors devenus des combattants

...des Bakugan, les combattants sont très différents
...es autres. Certains sont des garçons, d'autres, des
...ertains ont l'esprit vif, d'autres ont l'air carrément
...çant. Certains sont gentils, d'autres sont méchants.

...endant, les meilleurs combattants ont tous quelque
...ose en commun : quand ils livrent bataille à l'aide de leur
...akugan, ils utilisent autant la force que la stratégie. Un
...on combattant doit prendre des décisions rapidement,
...urtout quand vient le temps d'envoyer un Bakugan sur le
champ de bataille. Il doit savoir quelle carte utiliser pour
donner plus de puissance à son Bakugan.

Mais il faut plus que de la force et de la stratégie pour
devenir un bon combattant. Quoi donc? Il faut aussi de la
confiance. Il est facile de se décourager quand on perd un
Bakugan au combat. Les meilleurs combattants savent
qu'il ne faut pas abandonner tant qu'il leur reste des
Bakugan.

Dans les prochaines pages, tu découvriras qui sont Dan et
ses amis, et qui sont leurs gardiens Bakugan. Tu feras aussi
la connaissance de quelques-uns des rivaux de Dan, y
compris Mascarade, qui souhaite envoyer tous les Bakugan
vers la dimension Néant!

De plus, tu verras comment s'y prennent ces combattants.
Et tu apprendras peut-être quelques trucs!

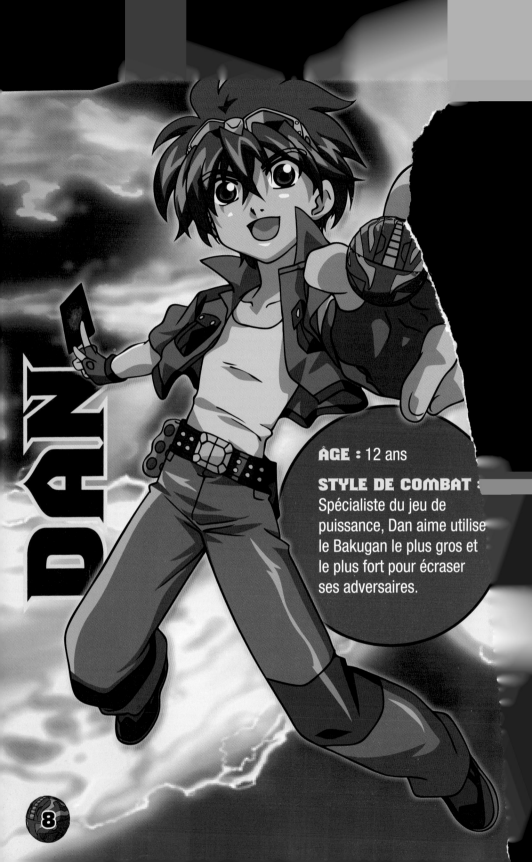

DAN

ÂGE : 12 ans

STYLE DE COMBAT :
Spécialiste du jeu de
puissance, Dan aime utilise
le Bakugan le plus gros et
le plus fort pour écraser
ses adversaires.

C'est Dan, avec son ami Shun, qui a inventé les règles du jeu Bakugan. Toute la vie de Dan tourne autour des Bakugan : il en parle avec ses amis à l'école, il y joue pendant ses temps libres, et il en rêve la nuit.

Lors des combats, Dan aime utiliser les attributs du feu, ce qui correspond bien à son tempérament flamboyant. Dan a beaucoup d'énergie et est toujours prêt à combattre. Cependant, il s'emporte facilement et a tendance à s'énerver quand il n'a pas le dessus. À cause de cela, il lui arrive parfois de perdre un combat.

Son impatience explique peut-être pourquoi il n'a jamais atteint le premier rang des combattants Bakugan. C'est pourtant son rêve le plus cher, et il ne s'arrêtera pas tant qu'il ne l'aura pas réalisé.

GARDIEN BAKUGAN DE DAN : Drago

CARACTÉRISTIQUE : Drago peut émettre une chaleur intense qui liquéfie tout ce qui l'entoure.

CARTE MAÎTRISE SUPRÊME :
La carte Drago puissance 10 permet d'ajouter 50 points à la puissance G de Drago. Drago est un Dragonoïde et il vient de Pyrus, planète ayant les attributs du feu. Dans l'univers de Vestroia, il est l'un des plus puissants. Le sage Drago croit que Vestroia et le monde des humains ne devraient pas être reliés. Évidemment, tout a changé quand Naga a ouvert une brèche et que Drago a été entraîné jusqu'à la Terre. Maintenant, Drago combat aux côtés de Dan. Tous deux ne s'entendent pas toujours, mais Drago est un combattant loyal et a rendu de fiers services à Dan dans de nombreux combats. Drago est très puissant et il est capable d'évoluer seul.

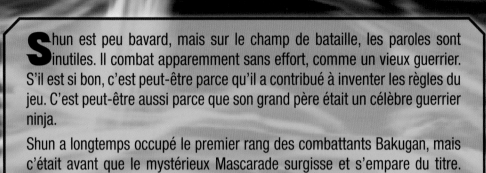

Shun est peu bavard, mais sur le champ de bataille, les paroles sont inutiles. Il combat apparemment sans effort, comme un vieux guerrier. S'il est si bon, c'est peut-être parce qu'il a contribué à inventer les règles du jeu. C'est peut-être aussi parce que son grand père était un célèbre guerrier ninja.

Shun a longtemps occupé le premier rang des combattants Bakugan, mais c'était avant que le mystérieux Mascarade surgisse et s'empare du titre. Shun a dû traverser de nombreuses épreuves pour revenir au sommet.

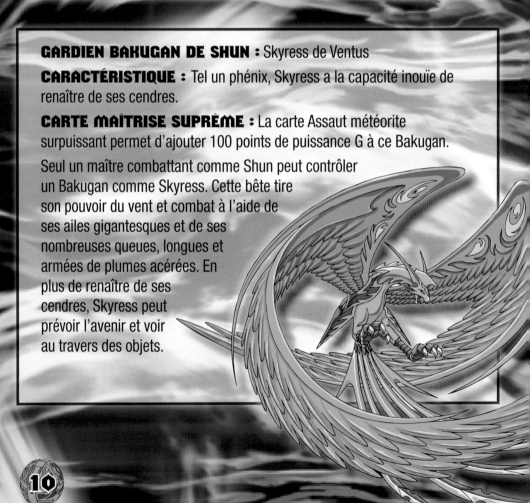

GARDIEN BAKUGAN DE SHUN : Skyress de Ventus

CARACTÉRISTIQUE : Tel un phénix, Skyress a la capacité inouïe de renaître de ses cendres.

CARTE MAÎTRISE SUPRÊME : La carte Assaut météorite surpuissant permet d'ajouter 100 points de puissance G à ce Bakugan.

Seul un maître combattant comme Shun peut contrôler un Bakugan comme Skyress. Cette bête tire son pouvoir du vent et combat à l'aide de ses ailes gigantesques et de ses nombreuses queues, longues et armées de plumes acérées. En plus de renaître de ses cendres, Skyress peut prévoir l'avenir et voir au travers des objets.

SHUN

ÂGE : 13 ans

STYLE DE COMBAT :
Tel un ninja, Shun calcule
avec soin chacun de
ses coups.

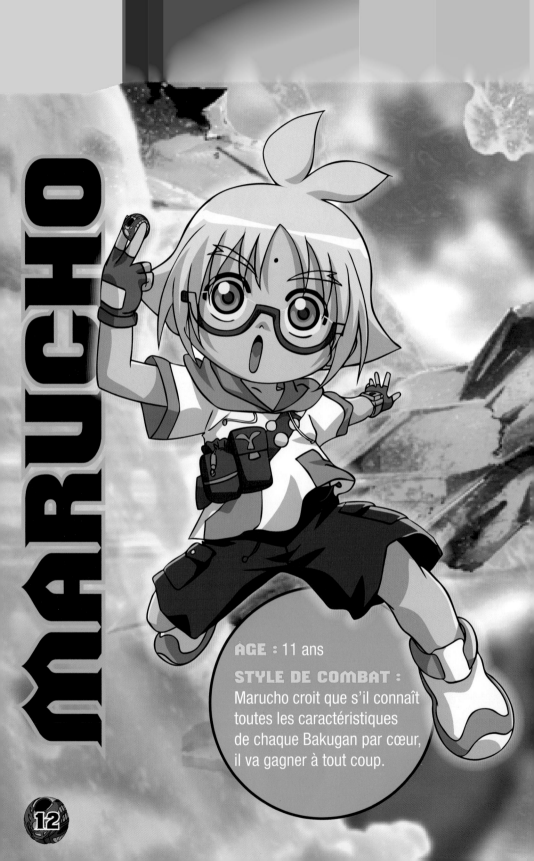

MARUCHO

ÂGE : 11 ans

STYLE DE COMBAT :
Marucho croit que s'il connaît
toutes les caractéristiques
de chaque Bakugan par cœur,
il va gagner à tout coup.

Marucho possède tout ce qu'un enfant peut désirer : une immense maison, les ordinateurs les plus perfectionnés et même son propre zoo. Pourtant, ce qui compte le plus pour lui, ce sont ses amis combattants et les Bakugan.

Marucho est petit, mais très futé. Sa tête est remplie de statistiques sur chaque Bakugan et sur chaque carte qui existe. Il se sert de son savoir pour élaborer des tactiques de combat. Mais parfois, les chiffres ne suffisent pas pour gagner un combat; il faut aussi se fier à son instinct. Marucho doit apprendre à se faire confiance, et ce n'est pas toujours facile!

GARDIEN BAKUGAN DE MARUCHO : Preyas d'Aquos

CARACTÉRISTIQUE : Preyas a la capacité exceptionnelle de changer d'attribut.

CARTE MAÎTRISE SUPRÊME : Ombre bleue. Cette carte supprime 50 G au Bakugan de l'adversaire et ajoute 50 G au Bakugan gagnant.

Preyas ressemble à une créature monstrueuse tout droit sortie d'un marécage, mais il est beaucoup plus drôle qu'effrayant. Il peut choisir de tirer sa puissance du feu, de la terre, de la lumière, de l'obscurité, de l'eau ou du vent. Il adore surprendre ses adversaires en changeant d'attribut pendant un combat.

Preyas aime bien faire des blagues, mais il est dévoué corps et âme à Marucho. Preyas et Marucho ont une grande admiration l'un pour l'autre. Ce sont les meilleurs amis du monde, ce qui les rend redoutables sur le champ de bataille.

Quand Julie arrive sur le terrain, ses adversaires croient parfois que la victoire sera facile. C'est peut-être parce qu'elle est si jolie, ou parce qu'elle est un peu fofolle. Elle sourit toujours, même quand elle est triste.

Mais quand vient l'heure du combat, attention! Julie écrase ses adversaires avec un puissant Bakugan de Subterra. Avant même que les autres Bakugan comprennent ce qui leur est arrivé, Julie a gagné et se retire – avec le sourire, évidemment!

GARDIEN BAKUGAN DE JULIE :
Gorem de Subterra

CARACTÉRISTIQUE : Sa carapace extrêmement dure le rend pratiquement indestructible.

CARTE MAÎTRISE SUPRÊME :
La carte Méga impact permet à Gorem de gagner 50 G.

Gorem de Subterra ressemble à une grosse brute taillée dans le roc. Toute sa puissance vient de la planète Subterra, ce qui signifie qu'il tire son énergie de la terre. Son corps est composé de cellules extrêmement dures, qui forment une carapace.

Gorem est immense et peut avoir l'air méchant, mais au fond, c'est un doux. Il est gentil et fait tout ce que Julie lui demande. Toutefois, il lui arrive de se mettre en colère et, dans ces cas-là, seule Julie peut le calmer.

ÂGE : 12 ans

STYLE DE COMBAT :
Championne des attaques directes, Julie compte sur la force prodigieuse de son Bakugan plutôt que sur la stratégie.

JULIE

RUNO

ÂGE : 12 ans

STYLE DE COMBAT :
Pour combattre, Runo
combine la puissance à des
stratégies astucieuses.

Runo est enfant unique. Ses parents possèdent un restaurant, et elle y travaille comme serveuse quand elle n'est pas en train de combattre. Elle aime utiliser des Bakugan de la planète Haos, qui utilisent les attributs de la lumière.

À certains égards, Dan et Runo se ressemblent. Tous les deux, ils adorent les Bakugan, et, tout comme Dan, Runo est énergique et impétueuse. Elle se met en colère quand elle perd. Si elle joue en équipe, il lui arrive de prendre une décision sans consulter les autres. Sur le champ de bataille, Runo et Dan font une bonne équipe.

GARDIEN BAKUGAN DE RUNO : Tigrerra de Haos

CARACTÉRISTIQUE : À l'intérieur du corps de Tigrerra se trouve une lame gigantesque, capable de couper n'importe quelle matière connue du monde humain.

CARTE MAÎTRISE SUPRÊME : La carte Griffe de cristal permet à Tigrerra de gagner 80 G de plus.

Tigrerra de Haos, la Bakugan de Runo, est une bête intelligente et polie, mais au combat, elle devient terrible! C'est une bête féroce qui est prête à tout. En voyant ses muscles puissants et ses griffes acérées, ses adversaires savent à quoi s'en tenir.

Tigrerra est fidèle à Runo et lui fait totalement confiance. Elle est prête à la protéger, coûte que coûte.

Alice ne participe pas souvent aux combats de Bakugan, mais elle est toujours sur Internet, prête à aider Dan et ses amis quand ils ont besoin de conseils. Elle vit en Russie, mais il suffit de quelques clics de souris pour pouvoir la consulter.

Alice a un pouvoir bien particulier que plus d'un combattant lui envie : elle peut voir la puissance G de n'importe quel Bakugan qui arrive sur le terrain! Elle possède donc un certain avantage.

Le corps d'Alice contient une part d'énergie négative, ce qui a permis à Mascarade, le combattant mystérieux, de s'emparer d'elle. La pauvre Alice ne savait même pas qu'elle avait une double identité. Quand Mascarade a finalement été vaincu, Alice a hérité de son Hydranoïde de Darkus, qui est devenu un Hydranoïde suprême après avoir aspiré de l'énergie de la dimension Néant.

ALICE

ÂGE : 14 ans

STYLE DE COMBAT :
Tout comme Marucho,
Alice aime étudier les
Bakugan afin de pouvoir
élaborer des stratégies
de combat.

MASCARADE

ÂGE : Inconnu

STYLE DE COMBAT :
Pour éliminer définitivement
ses adversaires, Mascarade
utilise les cartes Néant.

Quand ce combattant masqué est entré en scène, personne ne savait ce qu'il cherchait exactement. Mascarade a ensuite commencé à utiliser ses cartes Néant pour envoyer les Bakugan de ses adversaires dans la dimension Néant pour toujours. Dan et ses amis ont vite compris que Mascarade alimentait Naga en énergie. Comme l'infâme scientifique Hal-G, Mascarade veut aider Naga à devenir le chef suprême de Vestroia et de la Terre.

Face à ses adversaires, Mascarade est sans pitié. Il préfère les Bakugan qui possèdent les attributs de Darkus, et il sait comment les utiliser au combat. Combien de Bakugan Mascarade enverra-t-il dans la dimension Néant avant que quelqu'un réussisse à l'arrêter?

GARDIEN BAKUGAN DE MASCARADE : Hydranoïde de Darkus

CARACTÉRISTIQUE : Hydranoïde de Darkus est le mal incarné.

Cette imposante créature se déplace peut-être avec lenteur, mais sa grande cruauté en fait un adversaire impitoyable pendant les combats. Les épines acérées qui recouvrent son corps font des ravages chez ses adversaires.

Si Hydranoïde est si cruel dans les combats, c'est à cause de son maître. Mascarade exerce sur lui un pouvoir total. Ce Bakugan ne peut rien faire de lui-même; il fait donc tout ce que Mascarade lui demande.

Michael, le grand-père d'Alice, n'est pas un combattant. C'est un chercheur qui étudie les Bakugan. Quand ceux-ci ont commencé à tomber du ciel, il a voulu comprendre pourquoi et s'est mis à étudier le phénomène.

Michael a fait une découverte importante : il a découvert que les Bakugan étaient originaires d'une autre dimension, appelée Vestroia. Par la suite, il a découvert le portail entre Vestroia et la Terre.

Michael voulait savoir à quoi ressemblait Vestroia. Il s'y est donc téléporté, mais une catastrophe s'est produite : il a été absorbé par la force malveillante du Noyau du Silence, l'une des sources de puissance de Vestroia. Cette énergie l'a transformé en Hal-G. À partir de ce moment, les choses se sont gâtées!

MICHAEL

Il paraît que quand Michael, le grand-père d'Alice, a été absorbé par la force malveillante, il est devenu une créature mi-humaine, mi-Bakugan. C'est peut-être vrai, puisque Hal-G n'a vraiment pas l'air d'un être humain normal.

Hal-G est le loyal serviteur de Naga, un Dragonoïde qui souhaite s'emparer du pouvoir suprême sur Vestroia et la Terre. Pour ce faire, Naga a besoin du Noyau de l'Infini, et Hal-G est prêt à tout pour l'aider à l'obtenir.

GARDIEN BAKUGAN DE HAL-G : Naga

CARACTÉRISTIQUE : La puissance de Naga serait incroyable et pourrait atteindre 1 000 G.

Le rêve de Naga, posséder le pouvoir suprême, a commencé à se réaliser quand il s'est emparé de Michael, le chercheur. Naga a transformé Michael en une infâme créature, Hal-G, et se sert de lui pour atteindre son but.

Naga veut contrôler la Terre et Vestroia. Il est prêt à éliminer tous les Bakugan pour parvenir à ses fins. Drago a tenté de discuter avec Naga, mais ce dernier ne voulait rien entendre. Après avoir absorbé le Noyau du Silence, Naga est devenu si méchant qu'il ne sert plus à rien de lui parler. La seule façon d'arrêter Naga, c'est de le vaincre sur le champ de bataille des Bakugan. Mais comment peut-on vaincre une créature si puissante?

JOE

Webmestre du site Web des Bakugan, Joe est un prodige de l'informatique, mais il ne s'intéresse pas vraiment aux combats. Il préfère chercher à connaître les stratégies des autres combattants.

Comme Joe en sait vraiment beaucoup sur les combattants Bakugan, Dan et ses amis ont d'abord cru qu'il était un espion à la solde de Mascarade, mais Joe leur a prouvé qu'il est l'un des leurs et s'est joint à eux dans leur quête du bien. Il joue un rôle important au sein de l'équipe grâce à ses grandes connaissances.

BILLY

Billy et Julie se connaissent depuis la petite enfance. Ils aiment tous les deux les Bakugan qui ont les attributs de Subterra. Mais quand Mascarade a pris le contrôle de Billy, Julie a été obligée d'affronter son vieil ami sur le champ de bataille.

Billy est un spécialiste des combats et il a déjà occupé le dixième rang au monde. Il s'est associé à un autre combattant, Komba. Sur le terrain, il se sert de son puissant Cycloïde de Subterra pour écraser ses adversaires.

Komba vit à Nairobi, en Afrique, mais il irait au bout du monde pour participer à un combat de Bakugan. Il a fait deux combats contre Shun et il a perdu les deux fois. Il a ensuite demandé à Shun de devenir son professeur.

Komba a subi le même sort que Billy : il est tombé sous l'emprise de Mascarade. Komba est un combattant intelligent qui s'est déjà hissé jusqu'au cinquième rang. Son gardien Bakugan est de l'espèce Harpus de Ventus, une créature ailée aux crocs acérés.

KLAUS

Klaus est l'un des meilleurs combattants au monde; seuls Shun et Mascarade l'ont dépassé. Sa famille est si riche qu'il vit dans un château. Sa richesse et son grand talent font qu'il se permet d'être un peu arrogant.

Klaus est devenu le bras droit de Mascarade. Avec l'aide de son Bakugan, une Sirenoïde d'Aquos, il a affronté Dan et ses amis. Dans un combat, il a réussi à s'emparer du gardien Bakugan de Marucho, Preyas.

CHAN

Chan est une combattante experte qui a réussi à se hisser au troisième rang au monde. C'est pour cette raison que Mascarade voulait absolument l'avoir en son pouvoir. Aux côtés de Klaus et de Julio, elle s'est battue contre Dan, Marucho et Runo. Le gardien Bakugan de Chan est un Fourtress de Pyrus.

JULIO

Julio, le fier-à-bras qui se bat pour Mascarade, est un type imposant qui fait des coups éclatants. Il combat avec son Tentaclear de Haos. Les six tentacules de cette créature entourent un œil unique. Julio s'est déjà hissé au quatrième rang des combattants Bakugan.

VESTROIA ET SES PLANÈTES

Imagine un univers où les Bakugan ont toujours leur apparence de guerriers. Ils se baignent dans des fleuves déchaînés. Ils se prélassent dans des feux ardents et planent dans des vents violents. Ils vivent en toute liberté et deviennent de plus en plus forts tant sur le plan physique que spirituel.

Un tel univers existe; il s'agit de Vestroia. Vestroia est composé de six planètes, chacune associée à un élément différent : le feu, la terre, l'eau, l'air, la lumière et les ténèbres. Chaque Bakugan vient de l'une de ces planètes et en tire toute sa puissance.

Dans l'univers de Vestroia, deux sources d'énergie s'opposent : le Noyau de l'Infini et le Noyau du Silence. Le Noyau de l'Infini produit de l'énergie positive, tandis que le Noyau du Silence produit de l'énergie négative. Ils sont tous deux essentiels au maintien d'un équilibre dans Vestroia.

Un jour, Naga, un Dragonoïde, a absorbé le Noyau du Silence, ce qui a rompu l'équilibre. Le Noyau de l'Infini est ensuite tombé sur la Terre, et c'est ainsi que Vestroia a été plongé dans le chaos.

Quand le portail entre Vestroia et la Terre s'est ouvert pour la première fois, de nombreux Bakugan ont fait leur entrée dans le monde des humains. Dans notre monde, ils prennent la forme de balles qui s'ouvrent quand elles sont lancées sur le champ de bataille. Les combattants peuvent alors avoir un aperçu de ce qu'est la vie à Vestroia.

Dans les pages qui suivent, tu découvriras les six planètes de Vestroia et tu apprendras le type de puissance que chaque planète transmet aux Bakugan qui y vivent.

PYRUS

Pour trouver Pyrus, tu dois te rendre jusqu'au cœur de Vestroia. Sur cette planète, il règne constamment une chaleur insoutenable. La plupart des Bakugan mourraient dans de telles conditions, mais les Bakugan de Pyrus tirent leur énergie de la chaleur et des flammes.

Au combat, les Bakugan de Pyrus utilisent le pouvoir du feu pour vaincre leurs adversaires dans des attaques impitoyables. Les attaques des Bakugan de Pyrus sont rapides, déchaînées et fulgurantes.

Les adversaires de Dan savent que ça va chauffer quand il attaque avec un Bakugan de Pyrus.

VENTUS

Les Bakugan de Ventus tirent leur puissance de l'air et du vent. Dans l'univers de Vestroia, ils planent dans le vent qui souffle à la surface de Ventus.

Les Bakugan de Ventus attaquent avec la puissance d'une tornade déchaînée. Ils surgissent de façon soudaine et inattendue, comme un ouragan.

Shun prend son envol avec son Bakugan de Ventus.

AQUOS

La planète Aquos est recouverte d'eau. Vue de l'espace, elle semble calme et paisible, mais dans les profondeurs, des guerriers Bakugan s'entraînent et combattent.

Les Bakugan d'Aquos peuvent combattre partout où il y a de l'eau : dans la mer, un lac ou une rivière, peu importe. Comme une source, ils jaillissent à un endroit ou à un autre sur le champ de bataille, et comme une mer déchaînée, ils peuvent déferler sur leurs adversaires avec la puissance d'un raz-de-marée.

Son Bakugan d'Aquos permet à Marucho de naviguer.

SUBTERRA

La planète Subterra est recouverte uniquement de plaines, de collines et de montagnes abruptes et rocailleuses. Ses profondeurs cachent de sombres galeries souterraines. Les Bakugan de Subterra s'entraînent autant sur terre que sous terre. Cette planète aride contribue certainement à les endurcir.

Les Bakugan de Subterra ont une carapace dure comme la pierre. Quand ils attaquent, ils peuvent écraser leurs adversaires comme un rocher. Leurs attaques puissantes font trembler le sol.

Le Bakugan de Subterra de Julie est solide comme un roc!

HAOS

Si tu te rends sur la planète Haos, n'oublie pas tes lunettes de soleil! La lumière qui se dégage de cette planète est si éblouissante qu'elle peut rendre aveugle. Toute cette lumière produit une énergie particulière : la planète est entourée d'une aura mystérieuse qui donne de la puissance aux Bakugan de Haos.

Au combat, les Bakugan de Haos peuvent contrôler la lumière et l'énergie, et aveugler leurs adversaires avec leur puissance explosive.

Quand elle combat avec son Bakugan de Haos, Runo éblouit ses adversaires.

DARKUS

Au plus profond de l'hémisphère obscur de Vestroia se trouve la planète Darkus. Sur Darkus, il fait toujours nuit. Les Bakugan qui y vivent tirent leur puissance de l'obscurité et des ténèbres.

Moins il y a de lumière, plus les Bakugan de Darkus sont puissants. On entend parfois dire que même le cœur des Bakugan de Darkus est sombre. Ces Bakugan peuvent être des guerriers cruels et détruire leurs adversaires sans remords. Bien des combattants aguerris appréhendent tout affrontement avec un Bakugan de Darkus.

Mascarade le ténébreux aime combattre avec des Bakugan de Darkus.

LES GUERRIERS
BAKUGAN

Chaque Bakugan tire sa puissance de l'une des six planètes de Vestroia, et chaque Bakugan appartient à une catégorie de guerriers. On connaît pour l'instant près de cinquante catégories de guerriers provenant de Vestroia, mais on pourrait en découvrir de nouvelles puisque les Bakugan ne cessent de franchir le portail qui mène à notre monde.

Certains guerriers ont la capacité d'évoluer et de devenir de nouveaux Bakugan. Certains évoluent d'eux-mêmes, tandis que d'autres ont besoin d'une carte spéciale. Quand un Bakugan évolue, il reste lui-même, mais devient plus gros et plus menaçant.

LE NOM
D'UN BAKUGAN

Pour former le nom d'un Bakugan, on combine habituellement le nom de sa catégorie de guerrier et le nom de sa planète d'origine. Ainsi, un Saurus de la planète Subterra est un Saurus de Subterra, tandis qu'un Saurus de la planète Pyrus est appelé un Saurus de Pyrus.

Certains combattants, comme Dan, aiment donner un surnom à leur Bakugan. Dan appelle son Dragonoïde de Pyrus « Drago ». Et toi, quels surnoms donnes-tu à tes Bakugan?

APOLLONIR

Comme Drago, le Bakugan de Dan, Apollonir est un Dragonoïde de Pyrus. Ce guerrier légendaire est le chef des célèbres six guerriers de Vestroia.

BEE STRIKER

Ce guerrier ressemble à une abeille – une très, très grosse abeille! Et, bien sûr, une très, très grosse abeille a un très, très gros aiguillon.

TIGRERRA L'ÉPÉE

Pour combattre, Tigrerra l'épée ne compte pas que sur ses griffes : son corps est recouvert de lames super tranchantes. Cette terreur, qui est la forme évoluée de la Tigrerra, ressemble à un tigre, mais se déplace sur deux pattes.

CENTIPOÏDE

En voyant ce redoutable Bakugan, n'importe qui voudrait prendre ses jambes à son cou. Ce monstre était déjà bien effrayant avec toutes ses pattes, mais il a aussi des pinces géantes!

CLAYF

Clayf est un Bakugan de Subterra. Il fait partie des six soldats légendaires de Vestroia et a la réputation d'être le plus fort de cette bande. Son corps, fait d'argile, est dur comme le roc.

CYCLOÏDE

Cet énorme cyclope a ses adversaires à l'œil! Le Cycloïde est un véritable colosse qui tient un énorme marteau dans sa main droite. Quand il attaque, son adversaire n'a qu'à bien se tenir parce qu'il risque d'être assommé.

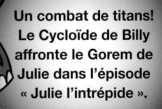

Un combat de titans! Le Cycloïde de Billy affronte le Gorem de Julie dans l'épisode « Julie l'intrépide ».

DRAGONOÏDE

Avec ses pattes aux griffes acérées et sa corne super pointue, le Dragonoïde est un Bakugan sur lequel on peut compter. Avec les Dragonoïdes, inutile de jouer à cache-cache : ce sont des experts de la destruction. Très intelligents, les Dragonoïdes ne sont peut-être pas les Bakugan les plus agiles, mais ils compensent par leur puissance.

DELTA DRAGONOÏDE

Les Dragonoïdes font partie des rares Bakugan à pouvoir évoluer sans aide. Delta Dragonoïde est la première version évoluée de cette créature féroce qui ressemble à un dragon. Après sa transformation, sa tête ressemble à celle d'un cobra et son corps est couvert d'épines pointues. Il possède aussi beaucoup plus de G, ce qui le rend plus difficile à éliminer au combat.

Le Drago de Dan évolue et devient un Delta Dragonoïde dans l'épisode « Le meilleur des Drago! ».

EL CONDOR

Ce guerrier à l'allure étrange ressemble à un totem en bois, mais c'est bel et bien un Bakugan. Comme il peut voler, ses adversaires doivent s'attendre à une attaque venue du ciel : El Condor prend son envol et plane au-dessus de ses rivaux avant de lancer l'attaque.

Dans l'épisode « Duel dans le désert », Komba utilise son El Condor de Ventus pour vaincre le Falconeer de Shun.

EXEDRA

Qui a dit que deux têtes valent mieux qu'une? Ce n'est certainement pas Exedra, qui sait bien que huit têtes, c'est encore mieux. Ce légendaire Bakugan de Darkus fait partie des six soldats de Vestroia et ressemble à un serpent à huit têtes.

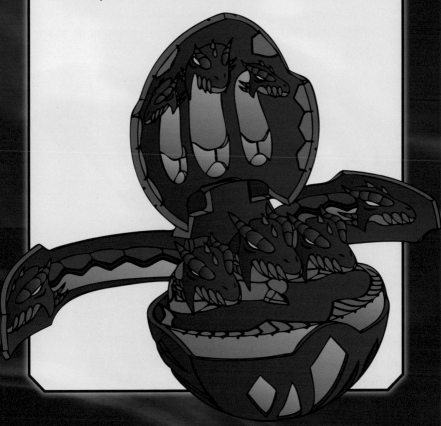

FALCONEER

La terreur venue du ciel! Ce Bakugan surveille sa proie du haut des airs. Très mystérieux et un peu magicien, le Falconeer a des capacités psychiques remarquables qui font qu'il est capable de voir à travers les objets, quels qu'ils soient. Si tu réussis à vaincre un Falconeer, ne te réjouis pas trop vite. Cette créature est comme le phénix : elle peut renaître de ses cendres et guérir de ses blessures.

Shuji est peut-être une brute, mais il possède un Bakugan génial. Son Falconeer de Ventus est difficile à battre.

FEAR RIPPER

Fear Ripper est fait pour se battre : à la place des mains, il a deux énormes lames extrêmement tranchantes, et il sait très bien s'en servir. C'est un adversaire agile et féroce.

Quand Dan a affronté pour la seconde fois l'insupportable Shuji, un guerrier Fear Ripper de Pyrus est tombé sur la Terre et a affronté Drago, le Bakugan de Dan. Drago a vaincu grâce à la carte Drago puissance 10.

FOURTRESS

Comment peut on se défendre contre une attaque de Fourtress? Cela dépend du visage qu'il te présente. En effet, Fourtress a trois visages qui expriment des sentiments différents : la tristesse, la gentillesse ou la fureur. Si ce Bakugan est dans ton équipe, il va certainement te donner un coup de main, puisqu'il a quatre bras!

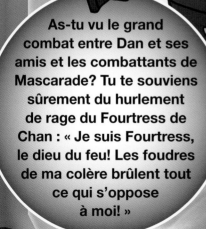

As-tu vu le grand combat entre Dan et ses amis et les combattants de Mascarade? Tu te souviens sûrement du hurlement de rage du Fourtress de Chan : « Je suis Fourtress, le dieu du feu! Les foudres de ma colère brûlent tout ce qui s'oppose à moi! »

FROSCH

Ce Bakugan ne te fera certainement pas faux bond! Frosch, qui ressemble à une grenouille, est un Bakugan d'Aquos légendaire et fait partie des six soldats de Vestroia. Il est très intelligent et reconnu pour ses stratégies de combat.

GARGONOÏDE

Quand Gargonoïde est immobile, on peut le prendre pour une gargouille. Avec sa drôle de tête et ses grandes ailes, il ressemble à l'une de ces créatures de pierre. Mais Gargonoïde ne reste pas perché sur une corniche à regarder le paysage : comme tous les Bakugan, c'est un guerrier qui adore le combat!

GOREM

Ce gigantesque Bakugan ressemble à un rocher ambulant! On dirait que rien ne peut l'atteindre. La carte Maîtrise Méga impact permet à Gorem d'avoir 50 points de puissance G de plus!

Julie se sentait si seule! Tous ses amis avaient un Bakugan avec qui parler, mais pas elle. C'est alors que Gorem a entendu ses pleurs et lui a ouvert son cœur de pierre. Julie trouve que Gorem est le Bakugan le plus merveilleux du monde!

GRIFFON

En regardant le Griffon, on a l'impression qu'il a été fabriqué à partir de trois créatures. Il a le corps d'un lion, des ailes d'aigle et la queue d'un reptile.

Runo a utilisé un Griffon dans un combat contre une adversaire habile, mais casse-pieds, appelée Nene. Quand la puissance de Griffon a augmenté grâce à sa carte Portail, Nene a utilisé une carte Maîtrise pour transférer toute sa puissance à son Ravenoïde!

GOREM LE MARTEAU

Gorem le marteau est la forme évoluée du Gorem, et son coup de poing est fulgurant! Quand le Gorem évolue, son corps de pierre devient encore plus dur et il est très difficile à vaincre.

HARPUS

La vision d'une Harpus qui déploie ses larges ailes couvertes de plumes est tout un spectacle!

La Harpus de Ventus qu'utilise Komba profère des injures encore plus blessantes que ses griffes. Elle n'arrête pas d'insulter et de ridiculiser ses adversaires pendant les combats.

HYDRANOÏDE

Hydranoïde est une créature imposante qui ressemble à un dragon et dont le corps est recouvert d'épines acérées. Ce Bakugan est encore plus féroce qu'il n'en a l'air : il a la réputation d'être cruel et sans merci. Ce qui l'amuse par-dessus tout, c'est d'assommer ses adversaires avec sa queue.

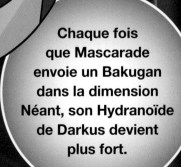

Chaque fois que Mascarade envoie un Bakugan dans la dimension Néant, son Hydranoïde de Darkus devient plus fort.

HYNOÏDE

Créature à quatre pattes, l'Hynoïde ressemble à une hyène qui aurait mauvais caractère.

Dans l'épisode « Une combinaison parfaite », l'Hynoïde de Billy se bat contre le Rattleoïde de Julie.

JUGGERNOÏDE

Un Juggernoïde est un peu comme une forteresse ambulante. Cette créature, protégée par une épaisse carapace, est presque impossible à blesser. Plus d'un combattant a échoué dans sa tentative d'éliminer un Juggernoïde. Il est très difficile de trouver la moindre faille dans son armure.

Mais ce Bakugan ne fait pas que se défendre : une attaque d'un Juggernoïde jette son adversaire au sol, et tout l'univers des Bakugan est ébranlé.

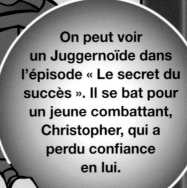

On peut voir un Juggernoïde dans l'épisode « Le secret du succès ». Il se bat pour un jeune combattant, Christopher, qui a perdu confiance en lui.

LASERMAN

Grâce à ses lasers intégrés, Laserman est un combattant redoutable. Ce Bakugan à l'allure de robot est bien équipé et prêt au combat.

LIMULUS

Pas touche! Les épines qui recouvrent le dos de Limulus sont très acérées. Il vaut mieux ne pas trop s'approcher de lui! Mais ce n'est pas la seule force de ce Bakugan : le corps du Limulus est entièrement recouvert d'une épaisse armure presque impossible à briser.

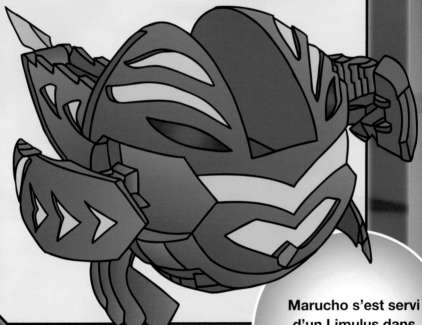

Marucho s'est servi d'un Limulus dans un combat contre l'as du combat, Klaus.

MANION

Le Manion est un Bakugan bien mystérieux. Il ressemble à un sphinx : il a un visage élégant et le corps d'un lion.

Chan utilise la carte Maîtrise Amun Re afin de donner à son Manion 100 G de puissance de plus.

MANTRIS

L'insaisissable Mantris peut facilement surprendre sa proie et se jeter sur elle. Une fois qu'il a enfoncé ses griffes dans son adversaire, celui-ci doit se déclarer vaincu.

La première fois que Dan a combattu contre Shuji, celui-ci a utilisé un Mantris de Subterra pour éliminer le Serpenoïde de Pyrus de Dan.

MONARUS

L'apparence du Monarus peut être bien trompeuse. Ce mignon Bakugan, qui ressemble à un papillon avec ses ailes colorées, est capable d'infliger de nombreuses blessures à ses adversaires.

Dans un combat contre Mascarade, Drago risquait de se faire envoyer dans la dimension Néant par un Hydranoïde. Shun a dû sacrifier son Monarus pour sauver Drago.

OBERUS

Crois-le ou non, la bonté a sa place sur le champ de bataille. Oberus le sait bien, et il est reconnu pour sa compassion. Oberus est un Bakugan légendaire de Ventus et il ressemble à un papillon de nuit. Il fait partie des six soldats de Vestroia.

PREYAS

Le Preyas a la capacité incroyable de changer d'attribut au besoin. Ce Bakugan plein de ressources peut être d'une grande aide dans un combat.

Quand Klaus a capturé le Preyas de Marucho, le gentil Preyas a été exposé à l'énergie négative. Il a alors été transformé temporairement en véritable brute!

RATTLEOÏDE

Le Rattleoïde et le Serpenoïde se ressemblent beaucoup. Ce sont des créatures énormes et féroces semblables à des serpents. Comment faire pour les distinguer? Le Rattleoïde a la tête protégée par une armure, et il peut faire résonner le bout de sa queue.

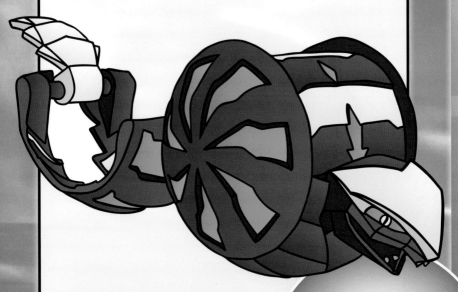

Billy aime utiliser la carte Maîtrise Crocs envenimés avec son Rattleoïde. Grâce à cette carte, son Rattleoïde gagne 50 G et en fait perdre tout autant au Bakugan adverse.

RAVENOÏDE

Le Ravenoïde a peut-être l'air d'un oiseau, mais il est beaucoup plus robuste : son corps est entièrement recouvert d'une armure blindée.

Dans l'épisode « Tous pour un », le Tentaclear de Julio envoie le Ravenoïde de Runo dans la dimension Néant.

REAPER

Conseil pour tous les combattants : ne jamais, au grand jamais, mettre un Reaper en colère. Le Reaper peut sembler calme, mais en fait, il laisse la fureur l'envahir jusqu'au moment où il explose et lance attaque sur attaque pour écraser l'ennemi. Ce cruel Bakugan tire une grande fierté de la colère qui lui permet de prendre sa revanche.

À son premier combat, Mascarade s'est servi d'un Reaper pour effrayer ses adversaires.

ROBOTALLIAN

Pouvoir compter sur un Robotallian est une véritable chance pour un combattant. Ce Bakugan souhaite par-dessus tout servir et protéger ses amis. C'est un puissant garde du corps, capable de couper pratiquement toutes les matières grâce à ses griffes acérées et à ses lames géantes. Rien ne peut l'empêcher de faire son devoir.

En plus d'être loyal, le Robotallian a un autre talent particulier : il peut se déplacer à la vitesse de l'éclair. Il est si rapide que les humains ne le voient même pas bouger.

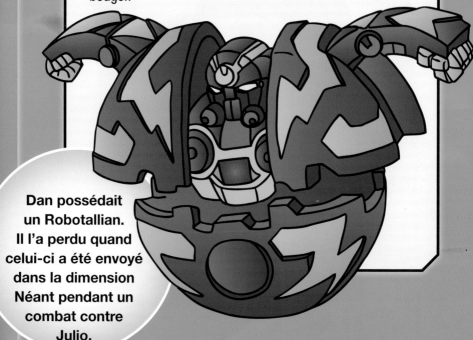

Dan possédait un Robotallian. Il l'a perdu quand celui-ci a été envoyé dans la dimension Néant pendant un combat contre Julio.

SAURUS

vec le Saurus, pas de chichis, ni de flaflas. Il ne cherche pas de stratégies subtiles et n'essaie pas de se cacher. Il surgit face à son adversaire et n'utilise que la force brute pour l'anéantir. Le Saurus aime par-dessus tout détruire un ennemi qui pensait pourtant avoir une chance contre lui.

Après avoir perdu un combat contre Mascarade, Runo a affronté Tetsuya, un des acolytes de Mascarade. Pour gagner, elle a réuni son Saurus de Haos et sa Tigrerra de Haos.

SERPENOÏDE

Pour soumettre ses adversaires, le Serpenoïde les étouffe lentement. Ce Bakugan, qui ressemble à un serpent, s'enroule autour de son ennemi et resserre peu à peu son étreinte. Sa puissance augmente à mesure qu'il aspire l'énergie de son rival. On aperçoit souvent le Serpenoïde glisser doucement sur le sol, mais attention : il peut se relever et attaquer sans prévenir.

Dan s'est servi de son Serpenoïde de Pyrus dans son premier combat contre Shuji, un fanfaron du quartier. Le Serpenoïde s'est enroulé autour du Mantris.

SIEGE

Si tu es en mauvaise posture pendant un combat, le Siege, dans son armure scintillante, pourrait bien te sauver! Grâce à sa solide cuirasse, le Siege peut résister à toute attaque. Il frappe ses adversaires avec sa longue lance effilée.

SIRENOÏDE

La gracieuse Sirenoïde peut piéger même les meilleurs combattants! Ce Bakugan, qui ressemble à une sirène, porte une longue robe vaporeuse et se protège à l'aide de sa harpe.

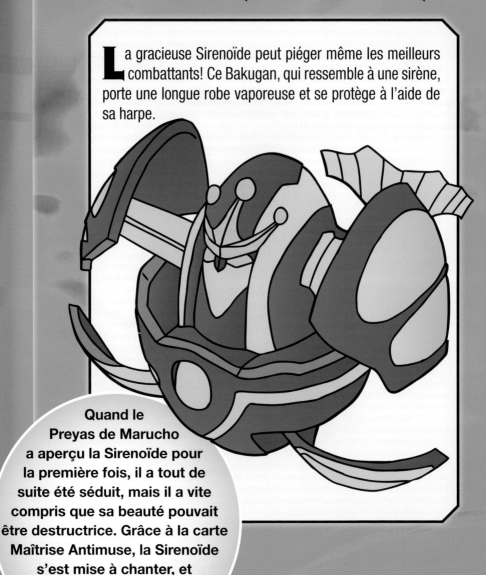

Quand le Preyas de Marucho a aperçu la Sirenoïde pour la première fois, il a tout de suite été séduit, mais il a vite compris que sa beauté pouvait être destructrice. Grâce à la carte Maîtrise Antimuse, la Sirenoïde s'est mise à chanter, et sa chanson a précipité le Preyas dans la dimension Néant.

SKYRESS

Les combattants chevronnés savent bien que la Skyress est une adversaire redoutable. Semblable à un faucon, elle se déplace rapidement et détruit tout sur son passage.

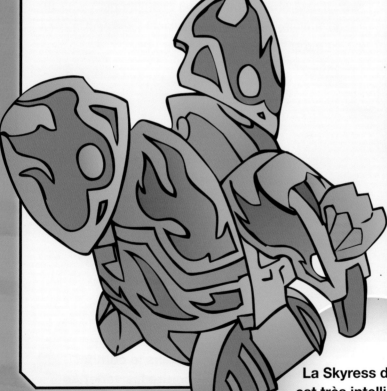

La Skyress de Shun est très intelligente et gentille, et lui donne souvent de bons conseils.

STINGSLASH

Ce Bakugan met du piquant dans un combat! Avec sa queue, il ressemble à un scorpion qui aurait un visage humain. De quoi glacer le sang! C'est peut-être ce qui le rend si efficace sur le terrain.

Dans le combat contre les vedettes pop Jenny et Jewls, Marucho s'est servi d'un Stingslash.

SKYRESS STORM

Quand la Skyress évolue pour devenir une Skyress Storm, elle devient plus grosse, plus forte et encore plus puissante.

TENTACLEAR

Le Tentaclear n'a besoin que d'un œil. Avec son unique œil, il émet des rayons laser qui aveuglent ses adversaires. Ensuite, il utilise ses tentacules pour asséner le coup de grâce à ses ennemis étonnés.

TERRORCLAW

Ce Bakugan n'est pas à prendre avec des pincettes. Le Terrorclaw ressemble à un crabe et peut déchiqueter ses ennemis à l'aide de ses énormes pinces tranchantes.

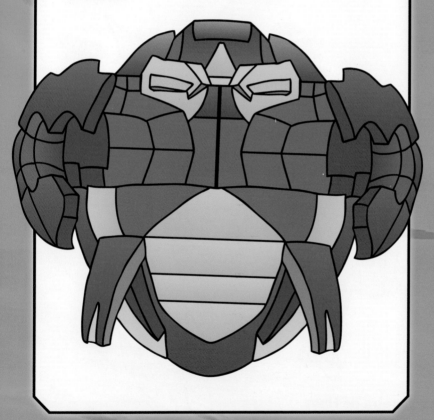

TIGRERRA

Oh, le mignon minou! La Tigrerra est agile et rapide. Elle bondit sans difficulté sur sa proie. Ce Bakugan, qui ressemble à un tigre, est protégé d'une armure.

La Tigrerra de Haos de Runo s'entend très bien avec Drago, le Bakugan de Dan.

TUSKOR

Le Tuskor est prêt à relever tous les défis avec ses deux énormes défenses meurtrières. Grâce à la carte Maîtrise appelée Trompe puissante, le Tuskor peut combattre un Bakugan qui se trouve sur une autre carte Portail.

WARIUS

Ce combattant extrême ne fait pas de prisonniers. Grand et fort, le Warius transporte avec lui une lourde masse qu'il abat sur ses ennemis pour les écraser.

WAVERN

Wavern, d'un blanc pur, est intelligente et attentionnée. Elle est la sœur jumelle de Naga, mais elle ne lui ressemble en rien. Elle contient l'énergie positive du Noyau de l'Infini, tandis que Naga a absorbé l'énergie négative du Noyau du Silence.

Joe, le webmestre des Bakugan, a vu Wavern pour la première fois en rêve. Elle lui est apparue pour lui dire que Naga ne devait jamais s'emparer du Noyau de l'Infini.

WORMQUAKE

Ce n'est pas le type de ver à utiliser comme appât, sauf, bien sûr, si tu veux capturer un Bakugan immense et effrayant! Le Wormquake est un ver gigantesque dont l'énorme bouche est remplie des dents acérées. Ouille!

Quand Billy, l'ami de Julie, combat avec son Wormquake, il utilise la carte Maîtrise Sable

>>> L'ABC DU COMBAT

Tu veux devenir un combattant Bakugan? Il te faudra faire preuve d'habileté, de stratégie et de courage. Tu t'amélioreras avec le temps et la pratique. Pour commencer, il te faut simplement trois cartes Portail, trois cartes Maîtrise et trois Bakugan. Dans les pages qui suivent, tu apprendras deux façons de jouer aux Bakugan : la version super rapide, et la version multi-joueur, en arène. Mais d'abord, tu dois apprendre comment utiliser tes cartes et tes Bakugan.

Quand les Bakugan arrivent dans le monde des humains, ils perdent leur forme de guerrier. Ils se transforment, mais dans chaque balle sommeille un combattant.

Pour libérer ton guerrier Bakugan, tu dois lancer la balle sur le champ de bataille. Quand la balle s'arrête sur une carte Portail, elle s'ouvre et libère ton guerrier. Ton Bakugan est alors debout, prêt à se battre.

Quand ton Bakugan est libéré, tu peux voir un nombre inscrit à l'intérieur de la balle. Il s'agit de la puissance G de ton Bakugan. Ce nombre a une grande importance. Le joueur qui a la plus grande puissance G est celui qui gagne le combat. Mais ne t'en fais pas si ton Bakugan a moins de G que celui de ton adversaire : tu peux utiliser des cartes Portail et des cartes Maîtrise pour faire augmenter sa puissance G!

LES CARTES PORTAIL
>>> BAKUGAN

Les cartes Portail forment le champ de bataille. Il en existe trois types, et tu as besoin d'au moins une carte de chaque type pour jouer. Les cartes Portail sont lancées entre les joueurs, sur ce qu'on appelle le Domaine (ou Champ).

D'un côté, toutes les cartes Portail se ressemblent et portent le même logo. De l'autre côté, elles se divisent en deux sections importantes. À gauche, il y a les symboles des planètes ou attributs. Pendant un combat, les joueurs doivent trouver le nombre inscrit dans le symbole qui correspond à la planète d'origine de leur Bakugan et additionner ce nombre à la puissance G du Bakugan.

Dans l'autre section, dans un encadré au bas de chaque carte, des directives sont inscrites. Ces directives peuvent changer le combat du tout au tout puisqu'elles ont priorité sur les règles habituelles du jeu.

La couleur du pourtour des cartes, soit argent, bronze ou or, permet d'identifier facilement les trois types de cartes Portail. Pour pouvoir commencer à jouer aux Bakugan, il te faudra une carte de chaque couleur.

ARGENT

Ces cartes sont les plus simples à utiliser. Elles ne contiennent pas de directives, mais elles peuvent te rendre service en augmentant la puissance G de ton Bakugan!

....

BRONZE

Ces cartes sont particulièrement utiles quand la puissance G de ton Bakugan est peu élevée. Les cartes Bronze permettent souvent aux joueurs de reprendre le dessus par toutes sortes de moyens.

....

OR

Pour que ces cartes soient vraiment utiles, il faut presque toujours les associer à un Bakugan en particulier. Bien souvent, la carte porte le même nom que le Bakugan auquel elle donne un avantage. Si tu piges une carte Portail Or qui porte le nom d'un Bakugan en particulier, utilise ce Bakugan pendant le combat, si c'est possible.

CARTES MAÎTRISE

Le côté face des cartes Maîtrise n'est pas métallique. Celles-ci existent en trois couleurs, bleu, rouge et vert, et tu as besoin d'une carte de chaque couleur pour jouer. Si elles sont bien utilisées, les cartes Maîtrise peuvent complètement transformer une partie! Lis attentivement le texte qui se trouve dans le bas de chaque carte; il contient des directives qui t'indiqueront, entre autres, à quel moment, dans une partie, tu peux utiliser la carte.

CARTES BLEUES

Play during a battle. Your Bakugan™ gains G-Power based on its Attribute.

Joue pendant une bataille. Ton Bakugan™ gagne les points de Puissance G de la carte selon son Attribut.

BA166-AB-SM   Bakugan™ 2008 Spin Master LTD. & SEGA Toys.   34/48

Les cartes Maîtrise bleues sont habituellement utilisées pendant un combat et viennent hausser la puissance G de certains Bakugan. Sur toutes les cartes Maîtrise, la première phrase du texte te permet de savoir à quel moment tu dois jouer cette carte, et le reste du texte te permet de connaître l'effet de la carte.

CARTES ROUGES

Les cartes Maîtrise rouges n'accordent habituellement pas de points en fonction des planètes d'origine, mais elles peuvent ajouter du piquant à un combat! Tu peux jouer ces cartes avant ou après ton lancer. Si tu es un débutant, les cartes qui te permettent de lancer de nouveau te seront très utiles. Si tu es un joueur expérimenté, utilise une carte qui accorde des points pour un bon lancer.

Play before you roll. Each player who doesn't have a Gate card in the field puts a Gate card from their unused pile into the field.

Joue avant de lancer. Chaque joueur n'ayant pas de carte Portail dans le Champ en met une de sa pile "Disponible".

BA322-AB-SM Bakugan™ Spin Master Ltd. © Sega Toys/Spin Master 31/48d

CARTES VERTES

Ces cartes sont bien spéciales! Certaines doivent être utilisées au moment du lancer, d'autres, pendant le combat, et d'autres, après un combat. Certaines permettent une augmentation de la puissance des Bakugan, selon leur planète d'origine, mais ce n'est pas toujours le cas. Ce sont des cartes uniques qui, bien souvent, ne s'appliquent qu'à certaines situations bien particulières. Si tu n'es pas encore un expert en Bakugan, utilise les cartes Maîtrise Vertes qui correspondent à la planète d'origine de ton Bakugan.

Play during a battle. If your opponent has more Gate cards in his used pile than you do, he must give one of them to the card's owner *(to be played later)*.

Joue pendant une bataille. Si ton adversaire a plus de cartes Portail dans sa pile "Hors Jeu" que toi, il doit en donner une au propriétaire de la carte *(à jouer plus tard)*.

BA175-AB-SM Bakugan™ 2008 Spin Master LTD. & SEGA Toys 43/48

DÉROULEMENT
>>>>>> DU JEU

Pour jouer, il faut au moins deux joueurs qui possèdent chacun au moins trois Bakugan, trois cartes Portail (une argent, une bronze et une or), et trois cartes Maîtrise (une rouge, une bleue et une verte). Le gagnant est le premier joueur qui réussit à capturer trois cartes Portail!

ÉTAPE 1 : LA MISE EN PLACE

Quand deux joueurs participent au combat, ils doivent s'asseoir face à face, de chaque côté du champ de bataille. Les joueurs placent à leur droite les cartes Portail et Maîtrise, ainsi que les Bakugan non utilisés (c'est la pile inutilisée) et doivent prévoir un endroit, à gauche, pour les cartes Portail et Maîtrise, ainsi que pour les Bakugan utilisés (c'est la pile Hors Jeu). Chaque joueur choisit une carte Portail et la place au milieu du champ de bataille, face vers le bas, du côté de son adversaire.

ÉTAPE 2 : LE LANCER

Le joueur le plus jeune commence — il s'agit du joueur 1. Il fait un premier tir.

COMMENT FAIRE UN TIR?

Place-toi à une distance de deux cartes de la carte placée face vers le bas, puis lance ton Bakugan afin qu'il roule jusqu'au champ de bataille.

ÉTAPE 3 : AU COMBAT!

C'est au tour du joueur 2 de lancer un Bakugan. À tour de rôle, les joueurs 1 et 2 lancent leur Bakugan jusqu'à ce qu'ils en aient chacun un debout sur la carte. Tout est alors en place pour le combat. Retourne la carte Portail. Regarde ensuite le nombre inscrit sur chaque Bakugan : il s'agit de sa puissance G.

QU'ARRIVE-T-IL...

... si l'un des joueurs réussit à placer deux Bakugan sur une même carte? S'il y a deux cartes Portail sur le champ de bataille, le joueur peut choisir de déplacer un des Bakugan sur l'autre carte Portail. S'il n'y a qu'une seule carte Portail sur le champ de bataille, le joueur remporte automatiquement la carte.

ÉTAPE 4 : LES EFFETS DE LA CARTE

Si la carte Portail contient des directives, il faut les suivre. Les joueurs peuvent ensuite jouer l'une de leurs cartes Maîtrise non utilisées, à condition qu'elles puissent être jouées pendant un combat. Quand une carte Maîtrise a été jouée, elle est placée dans la pile Hors Jeu du joueur. Une fois que les deux joueurs ont joué toutes les cartes Maîtrise qu'ils souhaitaient utiliser, c'est le moment de passer à l'étape 5.

ÉTAPE 5 : BONUS D'ATTRIBUTS DE PORTAIL

Tu peux ajouter, à la puissance G de ton Bakugan, le nombre de points qui figure sur la carte Portail en fonction de la planète d'origine de ton Bakugan. Ces points sont inscrits dans les six cercles qui se trouvent à gauche de la carte Portail.

ÉTAPE 6 : LE GAGNANT

Le Bakugan qui a la plus grande puissance G une fois que les points inscrits sur les cartes Portail ont été additionnés à la puissance des Bakugan remporte le combat. Le gagnant capture la carte Portail et la place sur sa pile Hors Jeu, avec son propre Bakugan. L'autre joueur place son Bakugan dans sa pile Hors Jeu. LES BAKUGAN NE VONT JAMAIS DANS LA PILE HORS JEU DE L'ADVERSAIRE! (Ton ami ne peut pas, non plus, garder tes Bakugan vaincus à la fin de la partie!)

QU'ARRIVE-T-IL...

... en cas d'égalité? Le joueur dont le Bakugan a atterri sur la carte le premier remporte automatiquement la manche!

ÉTAPE 7 : CHACUN SON TOUR

La première manche est terminée! Pour que le jeu se poursuive, les joueurs tentent, chacun leur tour, de lancer un Bakugan sur la carte Portail qui se trouve toujours sur le champ de bataille. Si le joueur 1 a été le dernier à lancer à la manche précédente, c'est maintenant le tour du joueur 2. Quand les Bakugan sont en place pour un nouveau combat, les joueurs doivent suivre de nouveau les étapes 3 à 6.

ÉTAPE 8 : DE NOUVELLES CARTES PORTAIL

Quand le deuxième combat est terminé et qu'il ne reste plus de cartes Portail sur le champ de bataille, chaque joueur choisit une autre carte Portail dans la pile inutilisée et la place, face vers le bas, au milieu du champ de bataille, du côté de son adversaire, exactement comme à l'étape 1. Le combat continue!

QU'ARRIVE-T-IL...

... si un joueur n'a plus de Bakugan dans sa pile inutilisée? Le joueur referme tous les Bakugan qui se trouvent dans sa pile Hors Jeu et les place dans sa pile inutilisée.

ÉTAPE 9 : LE GRAND VAINQUEUR!

Les combats se poursuivent jusqu'à ce que l'un des joueurs ait accumulé trois cartes Portail dans sa pile Hors Jeu. Ce joueur est le grand vainqueur! Bravo!

CONSEILS
POUR LES
>>> COMBATS

C'est toi qui choisis le Bakugan que tu lances et les cartes que tu places sur le champ de bataille. Si tu décides d'utiliser un Bakugan d'Aquos, utilise une carte Portail qui donne beaucoup de points aux Bakugan d'Aquos, puis tente de viser cette carte. Tu auras ainsi l'avantage pendant le combat.

Ce n'est pas toujours facile d'atteindre la carte que tu vises. Il faut de l'habileté. Si tu veux remporter les combats, tu devras pratiquer ton tir pendant tes temps libres.

Tu peux faire comme certains combattants et te spécialiser dans les Bakugan provenant d'une seule planète, comme Pyrus ou Subterra. Si tous tes guerriers viennent de Subterra et que toutes tes cartes Portail fournissent de la puissance aux Bakugan de Subterra, tu as plus de chances de tomber sur une carte Portail qui t'avantagera.

Organise des combats le plus souvent possible! C'est la meilleure façon de mieux connaître tes Bakugan.

DIX COMBATS MÉMORABLES

« DOMAINE, OUVRE-TOI! »

Tout combattant Bakugan ressent une vague d'excitation quand il entend ces mots. Quand les cartes Portail se mettent en place pour former le champ de bataille, c'est comme si le temps s'arrêtait. Quand tout est en place, la bataille commence!

Pourquoi certains combats sont-ils si excitants? Parfois, c'est grâce aux guerriers Bakugan. C'est vraiment fascinant d'assister à un combat mettant en scène pour la première fois une créature puissante. D'autres fois, tout tient à la stratégie utilisée par les joueurs. Rien de plus passionnant que de voir un combattant que tous croient perdant remporter la partie à la toute dernière seconde grâce à une carte Maîtrise. D'autres fois encore, ce sont des combattants qui rendent le spectacle intéressant. Même un combattant peu talentueux peut rendre une bataille passionnante.

Dans les pages qui suivent, tu découvriras les dix batailles Bakugan les plus mémorables à ce jour. Mais tant que des combats auront lieu, la liste s'allongera.

DAN *CONTRE* SHUJI :

Le premier combat entre Dan et cette grosse brute de Shuji n'avait rien de spectaculaire. Shuji s'est servi de tout un tas de Bakugan puissants qu'il ne connaissait pas bien, et Dan a rapidement dominé le combat.

Mais le second combat entre Dan et Shuji rentrera dans les annales de l'histoire. Pourquoi? Parce que c'est la première fois que Dan et Drago ont combattu ensemble.

Dan et Shuji s'affrontaient dans un match de revanche. Le Serpenoïde de Pyrus de Dan était enroulé autour du Stingslash de Darkus de Shuji. Mais Dan avait besoin de plus de puissance, alors il a utilisé une carte Maîtrise appelée Quatuor de combat. Grâce à cette carte, les deux adversaires pouvaient faire entrer en jeu un autre Bakugan.

À ce moment précis, le portail entre Vestroia et la Terre s'est ouvert. Fear Ripper et Drago y sont passés et se sont mêlés au combat. Drago combattait pour Dan. Il a tenté de faire entendre raison à Fear Ripper, mais le Bakugan de Darkus ne voulait rien comprendre. Drago a alors utilisé la carte Drago puissance 10 pour mettre Fear Ripper hors combat.

CHRISTOPHER *CONTRE* TRAVIS :

L'histoire de ce combat mérite d'être racontée parce qu'elle fait rêver les combattants de partout dans le monde.

Christopher était un jeune combattant qui venait tout juste de découvrir les Bakugan. Travis, une petite brute, obligeait Christopher à faire des combats chaque jour, et Christopher perdait chaque fois. Il était prêt à tout laisser tomber.

Mais un jour, Christopher a rencontré Alice et lui a raconté son histoire. Alice savait que Christopher n'avait qu'à croire en lui-même pour battre Travis. Elle a décidé de devenir son entraîneur et d'assister à son prochain combat. À cause d'une étrange distorsion temporelle, Alice s'est retrouvée loin du champ de bataille, mais Christopher pouvait toujours entendre sa voix.

« Le talent et la force ne suffisent pas toujours. C'est la confiance qui fait gagner des batailles ! » lui a dit Alice.

Christopher l'a écoutée. Il n'a pas perdu confiance, même après avoir perdu une manche. À la fin du combat, il ne lui restait qu'un seul Bakugan, son Juggernoïde. Mais grâce à l'aide d'Alice et à sa confiance en lui, il a vaincu Travis, en plus de gagner son respect.

RUNO *CONTRE* TATSUYA :

Runo a été l'une des premières victimes de Mascarade. Quand le combattant masqué a réussi à envoyer son Bakugan dans la dimension Néant, Runo était très en colère. Elle a décidé de se venger.

Un jour, elle avait pris par erreur le Baku-pod de Dan et a aperçu un message de Mascarade, qui invitait Dan à un combat. Runo y a vu l'occasion parfaite. Elle s'est rendue sur les lieux du combat, mais y a trouvé à la place de Mascarade, un garçon appelé Tatsuya.

Runo s'en fichait. Elle voulait prendre sa revanche coûte que coûte. Elle a perdu son Juggernoïde très tôt dans le combat, puis sa Tigrerra de Haos l'a suppliée de l'envoyer au combat. Mais Runo avait une stratégie et a su se montrer patiente. Elle a éliminé le Garganoïde et le Griffon de Tatsuya sans perdre son Saurus et sa Tigrerra de Haos. C'est à ce moment que Tatsuya a sorti son arme secrète, un féroce Fear Ripper.

Runo avait un plan : elle a envoyé Tigrerra combattre aux côtés de Saurus. Avec l'aide de la carte Maîtrise Griffe de cristal, Tigrerra a vaincu Fear Ripper. Runo a remporté la partie, mais elle avait encore des comptes à régler avec Mascarade.

JULIE *CONTRE* BILLY :

Julie et Billy se connaissent depuis qu'ils sont tout petits. Quand les Bakugan sont entrés dans leur vie, ils sont tous deux devenus des combattants. Julie avait hâte de mettre son ami au défi.

À leur premier combat, Billy a gagné grâce à son Cycloïde. Julie était jalouse de Billy parce qu'il avait un Bakugan qui pouvait parler. Elle est partie à la recherche d'un tel Bakugan dans la Vallée des Bakugan, mais n'a trouvé que des araignées et de la poussière.

De retour dans sa chambre, Julie pleurait sur son sort en espérant avoir, elle aussi, un Bakugan qui parle. C'est à ce moment que son Gorem de Subterra s'est mis à lui parler. Julie était très excitée. Elle avait enfin trouvé son partenaire Bakugan !

Elle a demandé à Billy de faire un combat revanche. Cycloïde et Gorem, deux créatures puissantes, se sont affrontées. D'abord, Julie a utilisé la carte Méga impact pour accroître la puissance de Gorem de 50 G. Ensuite, la carte Portail Niveau inférieur de Billy a retiré 100 points à Gorem. Cycloïde a attaqué avec son marteau géant, mais Billy ne savait pas que Gorem était protégé par une carapace. La puissance G de Cycloïde diminuait chaque fois qu'il frappait Gorem. La créature géante de Julie a mis fin au combat en administrant à son adversaire un coup de poing énergique.

CHAN LEE *CONTRE* DAN :

Chan Lee se classait au troisième rang des combattants Bakugan au monde et était sous l'emprise de Mascarade. Quand elle a lancé un défi à Dan, les amis de celui-ci ne voulaient pas qu'il l'affronte seul. Ils croyaient qu'elle était bien trop difficile à battre, mais Dan voulait l'affronter même si elle possédait la carte Néant. Dan risquait gros : s'il devait perdre le combat, il ne reverrait plus jamais Drago.

Dan a attaqué en force. Grâce à son Mantris, il a éliminé les deux premiers Bakugan de Chan Lee. Ensuite, Chan Lee a utilisé son Fourtress, qui a expédié Mantris dans la dimension Néant.

Chan Lee a surpris Dan en utilisant une carte appelée Résurrection pour ramener des Bakugan vaincus sur le champ de bataille. Il lui restait donc trois Bakugan, tandis que Dan n'avait plus que Siege et Drago.

Fourtress a rapidement éliminé Siege, et Drago les deux autres Bakugan de Chan Lee. Le combat final allait donc se jouer entre Fourtress et Drago. Drago était sur le point d'être expédié dans la dimension Néant quand son corps est devenu extrêmement chaud grâce à une nouvelle puissance mystérieuse. Cette chaleur a chassé Fourtress du champ de bataille, et Dan a gagné le combat contre Chan Lee. Celle-ci a juré qu'elle le vaincrait la prochaine fois qu'ils s'affronteraient.

MASCARADE *CONTRE* SES ACOLYTES :

Mascarade aime bien avoir d'autres combattants à son service pour faire le sale boulot. Il a réussi à convaincre Billy, Klaus, Julio, Chan Lee et Komba de se joindre à lui pour envoyer tous les Bakugan dans la dimension Néant.

Quand Mascarade n'a plus besoin de ses acolytes, il se retourne contre eux. Il les a tous affrontés l'un après l'autre. Même en n'utilisant que son Hydranoïde, il a réussi à tous les vaincre! Ça l'a bien amusé de voir leurs Bakugan être envoyés dans la dimension Néant.

Il s'en est d'abord pris à Julio. Ensuite, il s'est attaqué à Chan Lee, qui s'est défendue à l'aide de son Centipoïde, de son Warius et de son Fourtress, mais Hydranoïde a réussi à tous les vaincre.

Mascarade s'en est ensuite pris à Komba. Sa Harpus a combattu fièrement et a tenu tête à Hydranoïde pendant un certain temps, mais Mascarade a utilisé la carte Maîtrise Fusion pour annuler la tornade de plumes acérées de Harpus.

Pendant le combat qui a suivi, Billy a perdu son bon ami Cycloïde. Pour finir, Mascarade s'en est pris à Klaus, l'arrogant. Klaus refusait d'utiliser sa Sirenoïde, mais celle-ci a désobéi à ses ordres : elle s'est jetée dans le combat et s'est sacrifiée pour lui. Klaus avait le cœur en miettes, mais Mascarade était très fier de son coup.

MASCARADE ET SHUN *CONTRE* DAN :

Pendant un certain temps, Shun a été le meilleur joueur de Bakugan au monde, mais il a laissé filer son titre. Les amis de Shun ont décidé de lui redonner envie de jouer pour qu'il les aide à vaincre Mascarade. Cependant, quand Dan est allé chercher Shun, il a découvert que Mascarade l'avait devancé et qu'il tentait d'attirer Shun avec sa carte Néant.

Un combat à trois a débuté, et Mascarade et Shun se sont ligués contre Dan. C'est du moins ce que Dan croyait. Mascarade a utilisé son Hydranoïde pour la première fois pendant ce combat. Drago était sur le point d'être envoyé dans la dimension Néant, mais Shun a sacrifié son Monarus pour sauver Drago!

Peu à peu, la situation s'est retournée contre Mascarade. Dan et Shun se sont mis ensemble pour éliminer Hydranoïde. Skyress l'a déconcentré pendant que Drago crachait du feu directement dans sa gueule. Mascarade a perdu le combat, et Skyress et Drago se sont retrouvés l'un face à l'autre. Drago a gagné la bataille. Shun avait repris goût au combat. Il a accepté d'aider Dan et ses amis à vaincre Mascarade une bonne fois pour toutes.

DAN ET MARUCHO *CONTRE* JENNY ET JEWLS :

Ce combat a été rempli de rebondissements. Tout a commencé à une fête dans la nouvelle demeure gigantesque de Marucho. Preyas a décidé qu'il voulait devenir le Bakugan de Marucho afin de vivre une vie de pacha avec lui. Ensuite, ce sont Jenny et Jewls qui se sont présentées à la porte. Les ados vedettes de la chanson populaire rêvaient de jouer aux Bakugan, mais leur agent le leur interdisait. Puis Mascarade les a séduites avec la carte Néant et les a envoyées se battre contre Dan.

Marucho s'est joint à Dan pour affronter les filles. Le combat était une véritable leçon de stratégie : Jenny a combattu avec un Bakugan d'Aquos, tandis que Jewls a utilisé un Bakugan de Subterra. Pour combiner les forces de leurs guerriers et pour leur donner plus de puissance, elles ont fait des déplacements en diagonale.

Dan et Marucho ont suivi leur exemple et ont uni leurs forces, eux aussi. Ils ne savaient pas si Preyas se joindrait au combat, tout occupé qu'il était à faire le pitre pour se faire remarquer. Au bout du compte, Preyas s'est joint à Drago et, ensemble, ils ont vaincu les Bakugan de Jenny et Jewls.

DAN, MARUCHO ET RUNO *CONTRE* KLAUS, CHAN ET JULIO :

Avide de pouvoir, Naga souhaitait se débarrasser de Drago afin de pouvoir s'emparer du Noyau de l'Infini. Klaus, Chan et Julio ont promis à Mascarade d'éliminer Drago. Ils ont donc convié Dan, Marucho et Runo à un combat à six.

Le combat débute par un coup d'éclat : Klaus désire combattre avec le Preyas de Marucho! Celui-ci découvre alors que son Preyas n'avait pas été envoyé dans la dimension Néant, mais avait plutôt été capturé par Klaus. Chargé d'une énergie négative, Preyas est devenu un monstre.

Marucho voulait tellement récupérer son Preyas qu'il n'a pas pris le temps de réfléchir. Il a envoyé ses Bakugan au combat l'un après l'autre, mais il perdait toutes les batailles. Dan et Runo ont alors commencé à se disputer avec lui. Heureusement, la Tigrerra de Runo a rétabli l'ordre : elle leur a ordonné d'unir leurs forces sinon ils ne pourraient jamais gagner.

Les combattants l'ont écoutée. Ils ont uni leurs efforts pour vaincre les Bakugan de leurs opposants. Au bout du compte, Runo a utilisé la carte Illumination pour récupérer Preyas qui a bientôt retrouvé son état normal. Il a repris sa place aux côtés de son ami Marucho, qui était heureux de le revoir.

DAN *CONTRE* MASCARADE :

Joe avise Dan et ses amis que Mascarade est à leur recherche, et que son puissant Hydranoïde a évolué.

Mascarade se présente comme prévu, et le combat commence. Il met d'abord en scène le Wormquake de Darkus de Mascarade contre le Griffon de Pyrus de Dan. C'est le Griffon qui remporte ce combat.

Mascarade envoie ensuite son Laserman de Darkus. Dan utilise de nouveau son Griffon, mais celui-ci perd avant même de pouvoir se battre. Mascarade possédait une carte Expulsion, qui permet à un Bakugan de Darkus de gagner automatiquement le combat.

Mascarade a ensuite envoyé Laserman, qui a vaincu le Saurus de Dan grâce à la carte Sable mouvant paralysant. C'est à ce moment que Drago a pris part au combat pour affronter l'Hydranoïde Double de Mascarade. Le combat s'est enflammé, et le massacre a commencé. Dan s'est servi d'une carte Portail pour doubler la puissance de Drago mais, avant même qu'il puisse attaquer, Mascarade a utilisé la carte Anéantissement total, qui a annulé toute la puissance G de Drago. Drago s'est retrouvé sans défense.

L'Hydranoïde Double a réussi à envoyer Drago dans la dimension Néant. Dan, incapable de voir son ami disparaître, a couru pour le rattraper, mais ils ont finalement disparu tous les deux.

>>>> TES BAKUGAN

Voici un outil efficace pour améliorer ton jeu! Inscris le nom des Bakugan que tu possèdes, de même que les cartes que tu utilises avec chacun d'eux. Avant un combat, regarde tes statistiques pour élaborer une stratégie.

NOM DU BAKUGAN : _____

PLANÈTE D'ORIGINE : _____

CATÉGORIE DE GUERRIER : _____

CARTES PORTAIL À UTILISER AVEC CE BAKUGAN :

_____

_____

_____

_____

CARTES MAÎTRISE À UTILISER AVEC CE BAKUGAN :

_____

_____

_____

_____

VICTOIRES : _____

DÉFAITES : _____

NOM DU BAKUGAN : _____

PLANÈTE D'ORIGINE : _____

CATÉGORIE DE GUERRIER : _____

CARTES PORTAIL À UTILISER AVEC CE BAKUGAN :
_____
_____
_____
_____
_____
_____

CARTES MAÎTRISE À UTILISER AVEC CE BAKUGAN :
_____
_____
_____
_____
_____
_____

VICTOIRES : _____

DÉFAITES : _____

NOM DU BAKUGAN : _____

PLANÈTE D'ORIGINE : _____

CATÉGORIE DE GUERRIER : _____

CARTES PORTAIL À UTILISER AVEC CE BAKUGAN :

_____

_____

_____

_____

_____

_____

CARTES MAÎTRISE À UTILISER AVEC CE BAKUGAN :

_____

_____

_____

_____

_____

_____

VICTOIRES : _____

DÉFAITES : _____

NOM DU BAKUGAN : _____

PLANÈTE D'ORIGINE : _____

CATÉGORIE DE GUERRIER : _____

CARTES PORTAIL À UTILISER AVEC CE BAKUGAN :

_____

_____

_____

_____

_____

_____

CARTES MAÎTRISE À UTILISER AVEC CE BAKUGAN :

_____

_____

_____

_____

_____

_____

VICTOIRES : _____

DÉFAITES : _____

NOM DU BAKUGAN : _____

PLANÈTE D'ORIGINE : _____

CATÉGORIE DE GUERRIER : _____

CARTES PORTAIL À UTILISER AVEC CE BAKUGAN :

_____

_____

_____

_____

_____

_____

CARTES MAÎTRISE À UTILISER AVEC CE BAKUGAN :

_____

_____

_____

_____

_____

_____

VICTOIRES : _____

DÉFAITES : _____